# Analyse de l'œuvre

Par Aurélie Bontout-Roche

# Les Grandes Espérances

de Charles Dickens

lePetitLittéraire.fr

# Analyse de l'œuvre

Par Aurélie Bontout-Roche

# Les Grandes Espérances

## de Charles Dickens

lePetitLittéraire.fr

# Rendez-vous sur lepetitlitteraire.fr et découvrez :

Plus de 1200 analyses
Claires et synthétiques
Téléchargeables en 30 secondes
À imprimer chez soi

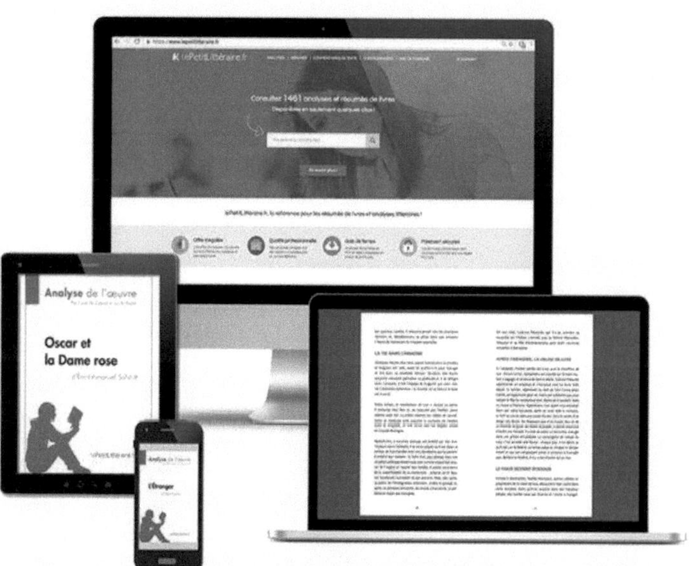

# CHARLES DICKENS

## ÉCRIVAIN ANGLAIS

- **Né en 1812 à Landport (Grande-Bretagne)**
- **Décédé en 1870 à Gad's Hill Place (Grande-Bretagne)**
- **Quelques-unes de ses œuvres :**
  - *Oliver Twist* (1839), roman
  - *David Copperfield* (1850), roman
  - *L'Ami commun* (1865), roman

Charles Dickens est considéré comme l'un des plus grands romanciers réalistes de l'époque victorienne et il est l'un des auteurs classiques anglais les plus appréciés. Né en 1812 dans le Kent, il est issu d'une famille modeste de huit enfants. Ses biographes considèrent que son œuvre est marquée par deux événements importants et traumatisants de son enfance : l'incarcération pour dettes de son père en 1824 et sa mise au travail dès l'âge de 12 ans dans une manufacture de cirage. Très jeune, Charles Dickens est confronté à l'injustice, aux luttes sociales et à l'humiliation. Autant de thèmes qui sont abordés dans ses quinze romans. Grand lecteur, Dickens revendique des influences littéraires comme Henry Fielding, Daniel Defoe et il sera l'ami de grands écrivains tels que Wilkie Collins.

En plus de son activité de romancier, Charles Dickens compose de nombreuses pièces de théâtre et dirige des revues comme *All the Year Around* (littéralement « Tout au long de l'année »). C'est d'ailleurs dans cette revue que parait pour la première fois sous la forme de feuilleton *Les Grandes Espérances*, de décembre 1860 à août 1961. Dès son vivant, Charles Dickens connait un très grand succès. Il meurt en 1870 et est enterré à Westminster Abbey.

# LES GRANDES ESPÉRANCES

## UN BILDUNGSROMAN ANGLAIS

- **Genre :** roman
- **Édition de référence** : *Les Grandes Espérances*, traduit par Silvère Monod, Paris, Gallimard, « folio classique », 1999, 741 p.
- **1<sup>re</sup> édition :** 1861
- **Thématiques :** enfance, adolescence, ascension sociale, désillusions, quête morale, justice, amour, amitié

*Les Grandes Espérances*, considéré comme l'un des chefs-d'œuvre de la littérature victorienne, est un roman de l'enfance et de l'adolescence qui appartient à la veine anglaise du Bildungsroman (ou roman d'apprentissage), au même titre que d'autres grandes œuvres littéraires comme *Emma* (1815) de Jane Austen (1775-1817) ou *Jane Eyre* (1847) de la romancière anglaise Charlotte Brontë (1816-1855). Charles Dickens a brillamment écrit sur le thème de l'éducation dix ans auparavant dans *David Copperfield*, roman en partie autobiographique. Mais la portée morale, le réalisme social – cher à Dickens – et l'introspection présents dans ce roman lui confèrent un caractère plus universel.

Lorsqu'il parait en livre en octobre 1861, l'auteur est alors âgé de 48 ans et amoureux d'une jeune actrice, Ellen Ternan. Il vient de se séparer de sa femme, après vingt-deux ans de mariage. Sa revue connait de grandes difficultés financières et il lui faut donc produire rapidement un succès. *Les Grandes Espérances* remporte l'adhésion de son lectorat et est rapidement considéré comme une œuvre majeure de Dickens. Le roman se situe dans le Kent, région d'enfance de l'auteur, et se déroule selon toute vraisemblance dans les années 1820, bien qu'aucune date ne soit jamais précisée. On y suit l'enfance, l'adolescence et les jeunes années du héros-narrateur Pip. Une des grandes forces du roman réside dans sa narration double : la voix de l'enfant, du jeune-homme qui fait part de ses expériences et la voix de l'homme devenu mûr tirant toutes les leçons de son éducation morale et sociale.

# RÉSUMÉ

## PREMIÈRE PHASE DES ESPÉRANCES DE PIP

Dans un village du Kent, la veille de Noël, un jeune orphelin prénommé Pip se recueille sur la tombe de ses parents qu'il n'a jamais connus. Élevé à la « cuillère », Il vit chez sa sœur acariâtre, de vingt ans son ainée et épouse du forgeron Joe Gargery. Il rencontre par hasard un forçat, évadé des bateaux-prisons. Celui-ci lui demande de lui procurer une lime pour se libérer du boulet qu'il traine au pied, et lui réclame de quoi manger. En lui apportant un pâté volé chez lui, Pip, terrorisé, se retrouve aux prises avec un autre forçat qu'il rencontre dans les marais.

Car les deux hommes, ennemis farouches, sont à la recherche l'un de l'autre pour s'entretuer. Pip est témoin de leur combat. Mais les deux forçats sont finalement repris, et Pip, hanté par cet épisode, éprouve un sentiment de culpabilité qui ne le quittera plus, redoutant que le forçat puisse penser à tort qu'il l'a dénoncé. Pip est rassuré par Joe, qu'il admire pour sa simplicité et sa bonté ; comme lui, il se destine à devenir forgeron. Pourtant, le jeune orphelin va voir son destin basculer, un jour où il est conduit dans un manoir étrange : Satis house.

Pip est accueilli par Estella, une jeune orpheline qui exerce immédiatement sur lui une forte impression. Elle le conduit à sa mère adoptive, Mlle Havisham, femme excentrique revêtue d'une robe de mariée fanée et chaussée d'une seule chaussure, qui semble vivre en recluse dans une pièce sombre. Pip apprend qu'elle a été abandonnée le jour de son mariage et qu'elle vit dans un chagrin incommensurable. Il comprend qu'il a été amené dans ce manoir lugubre pour tenir compagnie à cette femme sinistre, qu'il admire cependant. Éperdument amoureux d'Estella, il se sent méprisé et humilié par la jeune fille, qui se montre cruelle, froide et fière.

Moquant ses manières rustres, elle refuse de le considérer comme un véritable ami et provoque le désarroi du jeune orphelin. Pourtant, Pip persiste à revenir jouer aux cartes avec elle ; il fait de longues promenades dans le jardin abandonné, rencontre l'entourage de Mlle Havisham. Il y livre même un combat avec un « pâle jeune homme » qui a vu en Pip un rival. Ces visites opèrent un changement chez le jeune garçon, qui rêve de s'instruire et de sortir de sa condition, persuadé, comme son frère et sa sœur, que Mlle Havisham l'y aidera.

Au fond de lui, Pip ne souhaite plus devenir apprenti forgeron, mais conscient du devoir qui le lie à Joe, il travaille avec zèle. Deux événements surviennent alors : Estella part à l'étranger recevoir une éducation conforme à son rang et la sœur de Pip, agressé par le cruel ouvrier Orlick, devient infirme à vie. Pip confie à son amie Biddy son souhait de rompre avec la monotonie de son existence et de devenir un vrai gentleman. La jeune fille, troublée par Pip, est consciente que Pip ne pourra jamais l'aimer, mais elle l'assure de son amitié. Le temps d'apprentissage de Pip semble prendre fin lorsqu'un au cours de sa quatrième année de formation, il fait la connaissance de M. Jaggers, un homme de loi londonien. Celui-ci lui annonce qu'il hérite d'une coquette fortune qui va lui permettre de quitter son village et recevoir l'éducation d'un gentleman, afin de nourrir ses

« grandes espérances ». À une seule condition : Pip ne doit pas chercher à connaitre le nom de son bienfaiteur. Tous les rêves sont enfin permis et le jeune garçon, excité à l'idée de sa nouvelle vie, se comporte injustement avec Biddy et Joe, pourtant loyaux et tendres. Pip prend congé de Mlle Havisham, sa « féerique marraine », secrètement persuadé qu'elle est sa bienfaitrice.

## DEUXIÈME PHASE DES ESPÉRANCES DE PIP

Arrivé à Londres, Pip ne cache pas sa déception en découvrant cette ville qu'il trouve laide, tortueuse, étroite et sale. Il poursuit cependant son éducation et fait la connaissance de M. Wemmick, l'employé exemplaire de M. Jaggers, aussi efficace et implacable dans son travail qu'excentrique dans sa vie privée. En effet, il édifie en secret un château miniature équipé d'un vrai pont-levis tout en s'occupant avec dévotion de son vieux père. D'abord logé dans la famille de son instructeur Mathew Pocket, Pip y fait la connaissance de Bentley Drummle — gentleman de naissance, mais cruel — et de Startop, qui s'avérera un ami subtil et loyal. Pip reconnait en Herbert Pocket, le fils de son instructeur, « le pâle jeune homme » avec qui il s'était battu, et tous deux tissent une sincère amitié.

Pip s'emploie aussi à compléter son éducation : il plonge avec M. Jaggers dans les arcanes de Londres, découvre les rouages de la justice. C'est ainsi que le jeune homme semble devenir un vrai gentleman oublieux de ses origines. Il se montre dépensier, entrainant Herbert dans ses frasques. Lorsque son beau-frère Joe lui rend une visite, celui-ci se rend compte qu'ils n'ont plus rien en commun et annonce à Pip qu'ils ne se reverront plus.

Un jour, Pip retourne chez Mlle Havisham, qui souhaite le voir, et il découvre avec effroi que l'ouvrier qui a rendu sa sœur infirme est devenu le portier de Satis House. Estella est de retour, encore plus belle et désirable. Mlle Havisham demande avec insistance au jeune homme de l'aimer, car elle a adopté Estella dans le seul but qu'elle soit chérie par un homme. Pip, de retour à Londres, confie son amour à Herbert. Il fréquente M. Wemmick qui le conduit à Newgate, dans les prisons, ce qui ravive le souvenir du forçat et sa mauvaise conscience. Dans sa quête morale, Pip ressent de la culpabilité à l'idée de s'être mal comporté avec Biddy et Joe.

Pourtant, il continue de gaspiller son héritage par orgueil et vanité, et contracte des dettes. Il retourne dans son village lorsqu'il apprend la mort de sa soeur. Pip ressent une haine tenace pour Orlick, l'homme qui est à l'origine de son infirmité. Mlle Havisham confie l'éducation d'Estella à l'une ses amies à Londres et demande à Pip de veiller sur elle. Pip et Estella se voient donc régulièrement : même si le jeune homme a conscience que cet amour est sans espoir, il ne peut s'empêcher de nourrir en vain de « grandes espérances, ». Estella tente pourtant à maintes reprises de le mettre en garde, lui expliquant comment son éducation l'a rendue glaciale. Un jour où Pip l'accompagne à Satis House, il entrevoit lors d'une dispute entre les deux femmes qu'Estella est devenue l'instrument de la vengeance de Mlle Havisham sur les hommes. Il apprend ainsi qu'Estella fréquente l'horrible Bentlay Drummle, « l'araignée », homme riche mais foncièrement mauvais. Pip provoque une explication avec Estella, insensible à son amour et à ses folles espérances.

Un soir de tempête, c'est le coup de théâtre ; un homme s'introduit chez Pip et le jeune homme reconnait en lui le forçat de son enfance : celui-ci lui révèle alors qu'il est son bienfaiteur et se prénomme Abel Magwitch. Horrifié à l'idée d'avoir été aidé par un hors-la-loi, Pip éprouve un profond dégoût. Il comprend alors que Mlle Havisham n'a jamais été sa bienfaitrice. Ses folles espérances ont été trahies.

## TROISIÈME PARTIE

À présent qu'Abel Magwitch a fait irruption dans sa vie, Pip n'a d'autre choix que de le cacher. En effet, l'homme ayant été condamné et exilé en Australie, il risque la pendaison s'il est repris sur le sol anglais. De même que Mlle Havisham s'est servie d'Estella pour assouvir sa vengeance, l'ancien forçat a voulu prouver à la justice qu'il n'était pas « une vermine » en faisant de Pip un véritable gentleman. Alors que ce dernier a installé le fugitif dans un logement proche du sien, Herbert convainc son ami de ne plus profiter de sa fortune et de le faire partir d'Angleterre.

Abel Magwitch se confie à Pip : il lui raconte son enfance misérable, sa rencontre avec Compeyson (l'autre forçat rencontré au début du roman), ce même homme qui a abandonné Mlle Havisham le jour de son mariage, la plongeant dans un désespoir terrible. Tous deux sont complices dans une affaire de billets volés pour laquelle ils ont été arrêtés et condamnés, mais ils se vouent une haine féroce depuis que Abel Magwitch a été injustement condamné à la place de Compeyson.

Pip déclare son amour à Estella, qui reste de marbre. Elle lui annonce qu'elle va épouser l'horrible gentleman Bentley Drummle. Pip en éprouve une véritable souffrance et repart à pied pour Londres : à sa porte, il trouve un mot laissé par Wemmick lui intimant de ne pas pénétrer chez lui. En effet, ses appartements sont surveillés par Compeyson. Pip monte un plan : il fera le guet pendant que Abel Magwitch descendra le fleuve en barque. Malheureusement, son projet est entravé par la surveillance de Compeyson.

Au cours d'un dîner chez M. Jaggers, Pip, observe les poignets de Molly, la gouvernante, une ancienne condamnée défendue par l'avocat. Il comprend alors qu'elle est la mère d'Estella. Il n'a alors de cesse de savoir qui est son père biologique et décide de s'expliquer avec Mlle

Havisham qui implore son pardon, comprenant qu'elle a reproduit sur Pip les souffrances qu'elle avait elle-même vécues. Elle tente alors de s'immoler et Pip parvient à la sauver de l'incendie qui ravage Satis House.

Pip en réchappe avec de profondes brûlures et c'est son ami Herbert qui le soigne. Il apprend qu'Abel Magwitch aurait eu une fille disparue dans sa petite enfance. Pip comprend alors que son bienfaiteur est aussi le père de Estella, la femme qu'il aime. M. Jaggers refuse pourtant de le confirmer, raillant les « pauvres rêveries » de Pip ; il lui demande d'affronter la réalité. L'heure est ainsi venue d'exfiltrer Magwitch, mais Pip est sauvagement agressé par Orlick qui lui a tendu un piège. Il est sauvé in extremis par ses amis. Alors que Magwitch est finalement exfiltré sur un bateau à vapeur en partance pour Hambourg, il est rattrapé par Compeyson. Dans leur lutte, les deux hommes tombent à l'eau. Seul Magwitch remonte à la surface. Il est arrêté, trainé en justice et condamné à la pendaison. Très malade, il meurt à l'infirmerie de la prison. Pip a fini par lui pardonner et lui a révélé l'existence de sa fille. Écrasé de dettes, le jeune homme tombe à son tour très malade. C'est le dévoué Joe qui le soigne, paie ses dettes et lui apprend la mort de Mlle Havisham. À présent déshérité, Pip rentre au village, assiste au mariage de Joe et Biddy et part rejoindre Herbert en Égypte pour l'ouverture de la succursale Clarriker au Caire.

Au bout de onze ans, Pip revient au pays. Désormais âgé de 34 ans, l'orphelin décide de visiter les ruines de Satis House au crépuscule. Il y rencontre Estella, devenue veuve après un mariage malheureux. Sa souffrance l'a adoucie et elle lui réclame son amitié.

### Le saviez-vous ?

Charles Dickens avait prévu une première fin plus pessimiste où Pip était séparé à jamais d'Estella. Peut-être dans un souci de plaire à son lecteur, il a cependant privilégié une fin plus ouverte où le lecteur peut imaginer un avenir possible entre les deux protagonistes.

# ÉTUDE DES PERSONNAGES

## PIP

Le personnage de Pip est à la fois le héros et le narrateur de ce Bildungsroman relatant son enfance, son adolescence, son éducation, son ascension morale et la perte de ses illusions. Pip s'appelle en réalité Philip Pirrip ; orphelin, il n'a jamais connu ses parents. Décrit comme un « petit gringalet », le garçon est élevé par sa sœur, de vingt-ans son ainée. Acariâtre, elle n'hésite pas à rudoyer celui qu'elle considère comme un « perfide petit chenapan ».

Le narrateur note que l'éducation qu'il a reçue l'a rendu sensible et timide : « À travers tous mes châtiments, toutes mes disgrâces, tous mes jeûnes et abstinences, et toutes mes autres condamnations, j'avais chéri cette assurance ; et c'est à une longue intimité avec cette pensée, dans la solitude et l'abandon, que j'attribue en grande partie ma timidité morale et ma sensibilité. » (p.115). Heureusement, Joe Gargey, l'époux de sa sœur, est un homme bon et simple. Bien qu'il sache à peine lire lui-même, il encourage Pip dans son désir de s'éduquer, jouant à ses côtés le rôle d'un véritable père de substitution qui permet à Pip de se construire, en particulier moralement : « Ma foi, Pip, dit Joe, quoi qu'il en soit, et même qu'en soit autrement, faut bien que tu commences par être un écolier ordinaire avant que tu puisses être un savant estraordinaire, il me semble ! » (p. 207).

L'enfance de Pip est marquée par trois événements qui vont déterminer sa vie :

- La rencontre fortuite, au début du roman, avec un forçat évadé auquel il va porter secours, mû par la terreur bien plus que par la pitié. Idéaliste et romanesque, Pip, se sentant souillé par cet épisode, poursuivra pendant tout le roman une quête morale, comme s'il s'agissait de se libérer de cette forme de complicité qu'il a noué avec un dangereux criminel.
- Le deuxième événement fondateur est la rencontre avec Mlle Havisham, personnage fantasque, et la jeune orpheline Estella qu'elle a adoptée et élève à Satis House. Cette entrée

dans un milieu social plus élevé que le sien le détermine à devenir un vrai « gentleman ». Il conçoit également un amour impossible pour Estella.

- Survient alors un troisième événement marquant : le destin de Pip bascule quand M. Jaggers lui annonce qu'un bienfaiteur souhaite lui offrir une éducation de gentleman, à condition qu'il ne cherche pas à connaitre son identité.

Grâce à ce don, Pip peut enfin nourrir « de grandes espérances » et sortir de sa condition, vivre à Londres et devenir un vrai gentleman. Pourtant, ses illusions seront vite trahies, ce qui affectera son idéalisme romantique et sa bonne conscience innée. Pip dilapide son argent, oublie ses origines et les personnes simples qui lui sont pourtant restées fidèles et dévouées. Son amour pour Estella, qui ne trouvera jamais de réponse, le fait terriblement souffrir quand elle épouse son rival, Bentley Drummle, un homme cruel et malhonnête dont le seul atout est d'être bien né.

Surtout, la dernière espérance déçue est la plus cruelle : Pip a toujours voulu se persuader que Mlle Havisham était sa généreuse bienfaitrice.

Quelle amère déception quand il comprend qu'elle s'est servie de lui de la plus cruelle façon pour assouvir sa vengeance sur les hommes, mais aussi que ce mystérieux donateur n'est autre qu'Abel Magwitch, le forçat terrifiant rencontré dans son enfance. Si cette révélation épouvante Pip, elle lui permet aussi de montrer sa bonté naturelle en venant une deuxième fois en aide à son bienfaiteur.

Son désir d'élévation sociale a conduit Pip à négliger son entourage, mais le narrateur, devenu un homme mûr, a su tirer les leçons de son aveuglement, mesurant que les valeurs personnelles sont plus importantes que l'ascension sociale et l'argent. À la fin du roman, son éducation est donc bien achevée et l'auteur finit par faire de son personnage principal un être moral.

## MLLE HAVISHAM

Charles Dickens affectionne les personnages excentriques, à l'image de Miss Betsey, la grand-tante de David Copperfield dans le roman éponyme. Mlle Havisham habite en ville dans son manoir, Satis House. Pip en a entendu parler « comme d'une sinistre personne immensément riche vivant dans une grande et triste maison barricadée contre les voleurs, et menant une vie retirée » (p.100). Sa maison est « en brique, vieille, lugubre et garnie d'un grand nombre de barres de fer » (p. 104).

La première rencontre entre Pip et Mlle Havisham est déterminante : « Mais, dans un fauteuil, un coude posé sur la table et la tête appuyée sur la main, était assise la dame la plus étrange que j'aie jamais vue ou que je verrai jamais. » (p. 108) Très faible, Mlle Havisham ressemble à un spectre, n'a plus que les os sur la peau et doit s'appuyer sur une canne.

Nous apprenons au fil des pages que la vieille dame, issue d'une famille riche de brasseurs, a été abandonnée le jour de son mariage par le sinistre Compeyson. Avec la complicité du demi-frère de Mlle Havisham, il comptait en effet lui dérober son héritage. Vêtue de riches étoffes de soie et de dentelle blanches, ne portant qu'une seule chaussure, un long voile dans les cheveux, Mlle Havisham semble figée au jour de son mariage. L'horloge de la pièce où elle vit s'est même arrêtée à neuf heures moins vingt, à l'image de sa vie, marquée à jamais par cette traumatisante tragédie. Depuis, Mlle Havisham n'a eu de cesse de se venger des hommes et Pip apprend à ses dépens qu'elle a élevé la jeune Estella comme une arme pour assouvir cette vengeance.

En effet, elle encourage Pip à aimer Estella parce qu'elle sait cet amour impossible, ayant donné à la jeune fille une éducation qui l'empêche d'aimer :

> « Avant que pusse répondre (à supposer que je fusse capable de faire une réponse quelconque à une question si difficile), elle répéta :
> – Aimez-la, aimez-la, aimez-la ! Si elle vous sourit, aimez-la. Si elle vous blesse, aimez-la. Si elle vous déchire le cœur (et à mesure que ce cœur vieillira et s'affermira, les déchirures seront de plus en plus profondes), aimez-la, aimez-la.
> Jamais je n'avais vu d'ardeur aussi passionnée que celle dont elle accompagna ces mots. (…)
> – Écoutez-moi, Pip ! C'est pour la faire aimer que je l'ai élevée et instruite. C'est pour qu'elle fût aimée que j'ai fait d'elle ce qu'elle est. Aimez-la ! »
> (p. 362)

Mlle Havisham incarne la vengeance obsessionnelle, qui mène inévitablement à la destruction. La rédemption est pourtant possible. La vieille dame finira en effet par présenter ses excuses à Pip, dans une prise de conscience sur le mal qu'elle lui a fait subir, en miroir de ses propres souffrances. Pip, lui accordera son pardon, la sauvant même d'un incendie. Elle mourra quelque temps plus tard. Pip parachève ainsi son élévation morale :

> « Et comment aurais-je pu la contempler sans compassion, en voyant son châtiment dans la ruine qu'elle était devenue, dans sa profonde inadaptation au monde dans lequel elle était placée, dans la vanité d'un chagrin qui était devenu une idée fixe, comme la vanité de la repentance, la vanité du remords, la vanité du sentiment d'indignité et d'autres vanités mons-trueuses qui ont été autant de malédictions ici-bas ? » (p. 584)

## ESTELLA

Orpheline comme Pip, dotée d'une jolie chevelure brune, Estella est une jeune fille d'une grande beauté. C'est elle qui accueille Pip la première fois qu'il se rend à Satis House pour jouer les garçons de compagnie. Pip la trouve alors « fière, très jo-lie et très insultante ». Elle méprise et humilie le jeune garçon, qu'elle considère comme « un petit ouvrier ordinaire ». Il tombe pourtant amoureux d'elle et n'a de cesse de devenir un « gentleman » pour s'estimer digne de la mériter. Romantique, le jeune homme l'aime d'autant plus qu'elle lui apparait justement inaccessible. Cet amour est indissociable de ses folles espérances. Pourtant, il se montre souvent très lucide :

> « Bien entendu, Estella en était l'inspiration et le cœur. Mais alors même qu'elle avait pris tant d'emprise sur moi, alors même que mes rêves et mes espérances s'attachaient tellement à sa personne, alors même que son influence sur ma vie et mon caractère d'enfant avait été si puissante, je ne la parai pas, même en ce matin romanesque, d'autres attributs que ceux qu'elle possédait. (....)La vérité absolue, c'est que quand je me mis à aimer Estella d'un amour d'homme, je l'aimai simplement parce que je la trouvai irrésistible. Je le déclare une fois pour toutes : je me rendis compte avec tristesse, à mainte et mainte reprise, et même presque toujours, que je l'aimais contre la raison, contre les promesses d'avenir, contre la tranquillité, contre l'espoir, le bonheur, contre tous les découragements possibles. » (p. 351)

Estella, malgré son nom céleste qui évoque les étoiles, est une anti-héroïne romantique.

Adoptée très jeune par Mlle Havisham, c'est une jeune fille dure, hautaine et capricieuse qui ne nourrit aucun idéal, élevée pour que la vieille dame puisse « exercer sa vengeance sur l'ensemble du sexe fort » (p. 273).

En effet, Mlle Havisham l'utilise pour assouvir sa soif de vengeance : « Brise-leur le cœur, mon espoir et ma fierté, brise-leur le cœur, et sois sans pitié » (p. 160). Estella se définit elle-même comme froide, glaciale, sans cœur. Elle dira à Pip que son amour la laisse indifférente. Elle semble pourtant apprécier sa compagnie quand il la prend sous sa protection lorsqu'elle arrive à Londres pour parachever son éducation. À maintes reprises, elle tente d'avertir le jeune homme de l'impossibilité de leur amour. Cynique, manipulatrice et cruelle, Estella s'avérera en réalité socialement inférieure à Pip. On apprend en effetqu'elle est la fille de Abel Magwitch, forçat évadé, et de Molly, la gouvernante de M. Jaggers, autrefois condamnée pour meurtre et défendue par l'avocat.

Estella est un personnage complexe, car elle semble à certains moments du roman se rebeller contre cette éducation reçue malgré elle, reprochant à Mlle Havisham de l'avoir empêchée de pouvoir ressentir des émotions. Pip en est le triste témoin :

> « Je crus comprendre alors, si cruelle que fût pour moi cette découverte, si pénible le sentiment de dépendance et même d'avilissement qu'elle suscita en moi, je crus comprendre qu'Estella avait été chargée d'assouvir la vengeance de Mlle Havisham contre les hommes et qu'elle ne devait pas m'être donnée avant de l'avoir satisfaite pendant quelque temps. » (p. 449)

Ironie du sort, Estella, pourtant très lucide sur Bentley Drummle, l'épouse et poursuit cette œuvre de destruction :

> « Les papillons de nuit et toutes sortes d'affreux insectes tournent autour d'une bougie allumée, dit Estella, en jetant un bref regard du côté de Drummle. La bougie y peut quelque chose ? » (p. 460)

Son époux la rendra très malheureuse, la condamnant à une vie misérable durant de longues années. Le personnage d'Estella incarne l'idée que le bonheur n'est pas à chercher dans l'ascension sociale, mais dans la quête de soi et la vérité de ses sentiments. Ainsi, à la fin du roman, Estella avoue à Pip que la souffrance l'a adoucie :

> « J'ai été pliée et rompue, mais du moins, je l'espère, j'ai été ainsi améliorée. Soyez aussi bon et délicat envers moi qu'autrefois et dites-moi que nous sommes amis. » (p. 706)

## ABEL MAGWITCH

Abel Magwitch apparait dès le début du roman, mais le lecteur ne connait pas encore son identité. Car l'un des ressorts narratifs du roman repose sur un secret bien gardé : qui est donc le généreux bienfaiteur de Pip qui lui permet de nourrir de « grandes espérances » et de devenir un véritable « gentleman » ? Il faudra attendre la troisième partie pour découvrir que le forçat était en réalité le bienfaiteur de Pip, désireux de récompenser la gentillesse de l'enfant à son égard.

Au début du récit, Pip est un enfant effrayé, fragile, apeuré, qui rencontre dans son Kent natal un dangereux criminel en fuite et dans la force de l'âge :

> « C'était un homme effrayant, tout vêtu d'un mauvais tissu gris, et qui avait un grand fer at-

tâché à la jambe. Un homme sans chapeau, avec des chaussures en piteux état et un vieux chiffon noué autour de la tête. Un homme qui avait été trempé jusqu'aux os, suffoqué par la boue, meurtri par les pierres, blessé par les cailloux, piqué par les orties, et égratigné par les ronces ; un homme qui boitait et frissonnait, et grondait et grognait ; et qui claquait des dents au moment où il me prit par le menton. » (pp.32-33)

Terrorrisé, Pip accepte de lui fournir une lime prise à la forge où il habite et un pâté volé, prévu pour le déjeuner de Noël. Si Pip, traumatisé dans son enfance par cet incident, en nourrit un sentiment de culpabilité qui lui donne envie de s'élever socialement, Abel Magwitch sera touché par sa gentillesse et n'aura de cesse de l'aider à son tour.

M. Jaggers, l'avocat qui le représente, est tenu au secret et demande à Pip de ne jamais chercher à connaitre son bienfaiteur. Tout au long du roman, Pip se leurre, persuadé que cet argent providentiel lui a été donné par Mlle Havisham. Alors que rien ne semble contredire Pip, Abel Magwitch ressurgit dans sa vie, un soir de forte tempête à Londres. Devenu un homme d'une soixantaine d'années à la mise cossue, mais sans élégance, il a des cheveux longs gris, une forte musculature, le teint hâlé, le crâne chauve, et le visage ridé. Lorsqu'il lui révèle son identité, Pip en éprouve une profonde répugnance, persuadé d'être en face d'un dangereux criminel. Mais Abel Magwitch, devenu M. Provis, lui explique qu'après l'épisode des marais, il a été repris et envoyé en exil en Australie où il a fini par faire fortune. D'une certaine manière, l'ancien forçat a instrumentalisé Pip en voulant prouver qu'il n'était pas une vermine condamnée par la société, mais pouvait lui aussi « fabriquer » un gentleman.

« – Oui, Pip, mon cher petit, j'ai fait de vous un gentleman ! C'est moi qui ai fait çà ! J'avais juré ce fameux jour que si je gagnais une guinée, cette guinée-là serait pour vous, sans faute. (…) J'ai vécu à la dure, pour que vous puissiez avoir la vie douce ; j'ai travaillé ferme pour que vous ayez pas besoin de travailler. Qu'est-ce que ça fait, mon cher petit ? Est-ce que je vous dis ça pour que vous en éprouviez de l'obligation ? Absolument pas. Je vous le dis pour que vous sachiez que la pauvre bête traquée sur son tas d'immondices que vous avez aidée à rester en vie, elle a relevé la tête assez haut pour être capable de faire un gentleman… et ce gentleman-là, c'est vous, Pip ! » (p. 473)

La bonté de Abel Magwitch permet à Pip de parfaire son éducation et de réaliser que cet homme, criminel en apparence, a une âme pure, seule vraie richesse d'un individu :

> « En effet, la répugnance qu'il m'avait inspirée avait complètement fondu maintenant, et dans l'être traqué et blessé qui tenait ma main dans la sienne, je ne voyais plus qu'un homme qui avait voulu être mon bienfaiteur et qui avait éprouvé à mon égard, avec beaucoup de constance pendant une longue suite d'année des sentiments d'affection, de gratitude et de générosité. Je ne voyais plus en lui qu'un homme infiniment meilleur que celui que j'avais été envers Joe. » (p. 652)

# CLÉS DE LECTURE

## UN BILDUNGSROMAN, ROMAN D'ÉDUCATION ET DE FORMATION

Selon le critique Robin Gilmour, *Les Grandes Espérances* est « une fable représentative de son temps ». Il s'agit d'un roman de formation, dans la veine du Bildungsroman (roman d'apprentissage) de l'époque victorienne en Angleterre. On y suit l'éducation et l'évolution morale et sociale du héros racontées d'un point de vue rétrospectif, alors qu'il est devenu un homme mûr capable d'en tirer des leçons. Comme dans beaucoup de romans, l'enfance du héros est marquée par l'insécurité et l'injustice :

> « Dans le petit univers où se déroule l'existence des enfants, quel que soit leur éducateur, il n'est rien qui soit aussi finement perçu ni aussi finement ressenti que l'injustice. (...) En moi, même depuis ma première enfance, j'avais poursuivi un incessant conflit contre l'injustice. » (p. 11).

Aussi l'éducation de Pip se caractérise-t-elle par la volonté de s'améliorer, d'assouvir son ambition, de se perfectionner, aussi bien d'un point de vue social que moral. D'où le désir brûlant de l'orphelin, qui accompagne au fil des pages son éducation, de devenir un véritable gentleman. C'est à Biddy, amie d'enfance, qu'il se confie pour la première fois, avant même de savoir qu'il peut compter sur un généreux bienfaiteur. Il nourrit déjà de plus grandes espérances que celles de devenir simple forgeron et aspire à faire partie du monde privilégié d'Estella, la belle jeune fille rencontrée chez Mlle Havisham :

> « – Biddy, m'écriai-je avec impatience, je ne suis pas heureux du tout comme je suis. Je suis dégoûté par ma profession et par la vie que je mène. Pas un instant je n'ai pris goût ni à l'une ni à l'autre depuis mon entrée en apprentissage. (...) Qu'est-ce que cela me ferait d'être vulgaire et ordinaire, si, personne ne me l'avait dit. (....)
> (...) Qui vous a dit cela ? (...)
> La belle jeune fille de chez Melle Havisham, et elle est plus belle que personne au monde, et je l'admire épouvantablement, et c'est à cause d'elle que je voudrais devenir un gentleman. »
> (pp. 205-206)

L'espérance de Pip concerne aussi sa quête d'une élévation morale. Lorsque, profitant de la fortune de son mystérieux bienfaiteur, Pip arrive à Londres, il éprouve souvent de la culpabilité vis-à-vis de Joe et Biddy.

Devenu orgueilleux et égocentrique, Pip néglige ces êtres qui se sont montrés pourtant si dévoués et lui resteront fidèles, malgré son dédain. Le roman se fonde alors sur une morale, la véritable leçon d'éducation et de formation de Pip. D'une part, il apprend à ne se fier qu'à ses propres intuitions, ses propres sentiments : « Ne jugez rien d'autre d'après les apparences ; jugez de toute chose d'après des preuves. Il n'y a pas de meilleure règle. ». D'autre part, les grandes espérances de Pip, une fois trahies, l'aideront à se construire progressivement. Le titre du roman de Charles Dickens devient ironique, tant les espoirs nourris s'évanouissent au fil des pages :

- Pip, né dans le Kent, n'aime pas Londres, la ville de tous les possibles, qu'il trouve « surfaite ».
- Son amour pour Estella est sans espoir et elle lui préfère un homme certes gentleman de naissance, mais cruel et grossier.
- Pip se rend également compte que Mlle

Havisham n'est pas la fée bienfaitrice qu'il croyait être, et qu'elle l'a de surcroît utilisé avec cruauté pour assouvir sa vengeance sur les hommes. Son pardon ne peut empêcher l'effroi.

- Surtout Pip découvre la véritable identité de son bienfaiteur, le forçat rencontré dans les marais, un criminel qui l'avait terrorisé enfant.

Telle est donc la véritable leçon pour Pip : l'ascension sociale, l'argent, l'éducation et l'érudition ne sont pas des valeurs plus importantes que les qualités morales de l'individu et sa capacité à faire le bien. De ce point de vue, Bentley Drummle est l'opposé de Abel Magwitch. Bien que gentleman de naissance, il se montre misérable :

> « Car je ne saurais faire comprendre par des mots à quel point je fus peiné de penser qu'Estelle montrât la moindre faveur à ce méprisable balourd, à ce rustre hargneux, tellement inférieur à la moyenne » (p. 459).

Abel Magwitch quant à lui est né misérable, mais sa vie l'a condamné à faire partie des exclus, à vivre en marge de la société, en prison ou en exil. Il souhaite pourtant faire le bien d'un enfant, touché par sa générosité, et fait preuve d'une extrême bonté à son égard. D'abord dégoûté par la révélation que lui fait Abel Magwitch, Pip reconnait la grandeur morale de l'individu. Pip se rend compte qu'il a côtoyé des gens exceptionnels dans son enfance, sans forcément en prendre la mesure. Même s'il arrive trop tard pour éprouver des remords vis-à-vis de Biddy qui va se marier à Joe, il comprend toute la beauté morale et toute l'étendue de son humanité :

> « Cette résolution était d'aller trouver Biddy, de lui montrer dans quels sentiments d'humilité et de repentir je revenais. (...) Il devenait évident que Biddy était incommensurablement supérieure à Estella et que la vie de labeur simple et honnête pour laquelle j'étais né n'avait rien de honteux et n'offrait des ressources suffisantes en fait de dignité personnelle et de bonheur... » (p. 689)

Ainsi prend fin le temps d'apprentissage de Pip, et la spécificité de ce Bildungsroman est de rendre compte de cette éducation grâce à la technique narrative d'un narrateur double. Ainsi que le souligne Silvère Monod dans la préface de sa traduction, il n'y a pas de traits autobiographiques dans le roman : Pip est à la fois héros et narrateur.

Deux temps se superposent :

- Il y a, d'un côté, celui des événements vécus. Le narrateur décrit alors les émotions et les pensées qu'il a ressenties à des étapes précises de son éducation.
- De l'autre, on sent souvent poindre la voix du narrateur qui a acquis de l'expérience, de la maturité et revient sur ses jeunes années avec tendresse et ironie.

La première arrivée de Pip à Satis House peut ainsi faire l'objet d'une double interprétation, relevant également de l'ironie tragique. Certes, le jeune héros est impressionné par ce qu'il découvre et lui était jusqu'alors inconnu ; le lecteur pressent que son destin va basculer. Cependant, dans la description minutieuse de la décrépitude du manoir, le lecteur peut aussi voir aussi les égarements du jeune orphelin, condamné à souffrir, comme si la description des lieux revêtait une dimension symbolique particulière :

> « Le souffle du vent froid paraissait plus froid en ce lieu que dans la rue et faisait entendre un hurlement aigu en s'engouffrant dans la brasserie par les cotés percés d'ouvertures, et ce bruit

ressemblait à celui du vent dans le gréement d'un navire en pleine mer. » (p. 106).

# L'ASPECT FANTASTIQUE ET SURNATUREL DES GRANDES ESPÉRANCES

Charles Dickens, « auteur du secret, du mystère » (René Belletto, écrivain français né en 1945) fut aussi un immense lecteur, et l'influence du roman gothique est perceptible dans *Les Grandes Espérances*.

Né au XVIIIe siècle, le roman gothique précurseur du roman noir est un genre qui a acquis toutes ses lettres de noblesse grâce au talent d'auteurs anglais comme Horace Walpole (*Le Château d'Otrante*, 1764) Ann Radcliffe (*Les Mystères d'Udolphe*, 1794), voire Walter Scott (*Waverley*, 1814). Le style gothique se caractérise par un engouement pour des décors surnaturels et in-quiétants (châteaux et manoirs hantés, prisons, cimetières, paysages nocturnes, tempêtes), des personnages étranges et maléfiques et le poids du secret. Autant d'éléments que l'on retrouve dans le roman de Charles Dickens. En effet, dès la première scène, l'auteur campe un décor effrayant : un jeune orphelin est en train de se recueillir sur la tombe de ses parents dans un cimetière perdu des marais du Kent, battu par les vents. Le narrateur mentionne d'ailleurs souvent cette « brume des marais » : « À la lumière des torches nous vîmes le noir ponton à l'ancre non loin de la vase du rivage, semblable à une cruelle arche de Noé » (p. 84).

C'est précisément dans ces marais lugubres et fantomatiques que se cachent les deux forçats évadés : Abel Magwitch et Compeyson, tels des monstres sortis des Enfers ou d'un conte d'hor-reur. L'un d'eux tient un discours effrayant à Pip, qui n'est pourtant qu'un enfant :

> « Et remarque que je ne suis pas seul comme tu pourrais le croire. Y a un jeune homme qui s'est caché avec moi, et à côté de ce jeune homme je suis un vrai-z-ange. Le jeune homme, il a une façon à lui, qu'est son secret, d'attraper les petits garçons et leur cœur, et leurs entrailles. Ca sert à rien aux petits garçons d'essayer de se cacher pour échapper à ce jeune homme. Un petit garçon aura beau fermer sa porte à clé, il aura beau se mettre au chaud dans son lit, il aura beau se recroqueviller complètement, il aura

> beau ramener les couvertures par-dessus sa tête, il aura beau croire qu'il est bien tranquille et en sécurité, le jeune homme arrivera quand même tout doucement, tout doucement jusqu'à lui pour l'éventrer. » (p. 35)

De nombreux personnages sont terrifiants dans le roman et revêtent également un aspect surnaturel :

- Bentley Drummle, l'aristocrate dégénéré dont la cruauté est sans limites
- Orlick, être monstrueux, responsable de l'infirmité de la sœur de Pip, et qui tente à la fin du roman de l'assassiner avec la pire sauvagerie.
- M. Wemmick lui-même semble montrer deux facettes, et la critique le compare souvent aux deux personnages emblématiques du roman de Robert Louis Stevenson (écrivain écossais, 1850-1894), Dr Jeckyll et M. Hyde. Si c'est un employé dévoué de l'avocat M. Jaggers, il construit en privé un étrange château médiéval miniature doté d'un pont-levis.
- Cependant, c'est surtout le personnage excentrique de Mlle Havisham qui marque les esprits. La vieille dame est souvent décrite par le narrateur comme un spectre qui hante son

manoir sinistre et lugubre, recluse dans une pièce où ne pénètre pas la lumière. Le temps semble arrêté pour cette femme âgée, à la fois bonne fée et vieille sorcière. Ce personnage excentrique frappera à jamais l'imagination de Pip et l'on peut établir des parallélismes entre Satis House et le fameux manoir de la nouvelle gothique d'Edgar Allan Poe (romancier américain, 1809-1849), « La Chute de la maison Usher » :

« Je vis que la mariée dans sa robe s'était desséchée comme la robe, et comme les fleurs, et qu'il ne lui restait d'autre éclat que l'éclat de ses yeux cernés. Je vis que la robe avait dû épouser les formes arrondies d'une jeune femme, et que la silhouette autour de laquelle elle flottait à présent avait maigri jusqu'à n'avoir plus que la peau et les os. Un jour on m'avait emmené voir à la Foire une hideuse figure de cire représentant je ne sais quel invraisemblable grand personnage étendu en grande pompe. Une autre fois, on m'avait emmené voir dans une des vieilles églises de nos marais un squelette revêtu des vestiges d'une robe somptueuse, qu'on avait extrait d'un caveau en creusant sous le dallage de l'église. Il me semblait maintenant que la figure et le squelette avaient des yeux noirs qui remuaient et me regardaient. J'aurais poussé un cri si j'en avais eu la force. » (pp. 108-109)

Cette dimension fantastique s'exprime également à travers l'obsession de Dickens pour les gibets, les potences et les pendus. Ainsi, lorsque Pip visite les prisons de Newgate avec M. Wemmick, il aperçoit une potence dans la cour. Et quand il se rend un jour à Satis House, c'est Mlle Havisham qu'il croit voir pendue :

« Un souvenir enfantin reprit vie avec une force extraordinaire au moment où je faisais ce simple geste, et je crus voir Melle Havisham pendue à la porte. » (p.587)

C'est ainsi que le réalisme de Dickens est indissociable du merveilleux et du fantastique. Lord David Cecil (biographe et historien britannique, 1902-1986), spécialiste des romans victoriens, écrivait : « Une rue de Londres décrite par Dickens ressemble beaucoup à une rue de Londres, mais encore plus à une rue de Dickens, car il a utilisé le monde réel pour créer son propre monde, pour ajouter un pays à la géographie de l'imagination. »

Le merveilleux surgit de la noirceur, des combats à mort entre Compeyson et Magwitch, de la vision d'Estella qui semble sortie du ciel. Tous ces éléments effrayants surgissant du réel (prisons, forçats, chaines, manoirs) participent à souligner la satire sociale que dessine Charles Dickens, dont nous parlerons plus loin.

## L'ASPECT TRAGI-COMIQUE ET POÉTIQUE DU ROMAN

Dans ce roman où se superposent réalisme et fantastique surgissent aussi des images symboliques, composant un univers poétique. Lord David Cecil écrit : « (…) une imagination aussi intense que celle de Dickens ne peut générer que de la poésie. » Dès les premières pages, le lecteur est en effet frappé par la beauté des images de cette prose poétique. Quelques mots suffisent à évoquer le lyrisme des marais : « le vent âpre », « la gelée blanche et dure », la singulière « affinité entre les graines et le velours côtelé, « la scintillante multitude des étoiles ».

La poésie surgit du quotidien : « J'approchai de chez nous, le fanal allumé sur la langue de sable au-delà de la pointe des marais brillait déjà et que le fourneau de Joe lançait à travers la route comme un sentier de feu. » (p. 157). De très belles descriptions poétiques décrivent en quelques images l'environnement des personnages : la solitude des marais beaux et effrayants à la foi, le jardin abandonné du manoir de Satis House, évoquant la splendeur d'une brasserie déchue et le présent lugubre, la force des éléments, les tempêtes qui se déchainent sur Londres, le feu – celui qui menace d'emporter Mlle Havisham –, les tableaux de famille de M. et Mme Pocket et de leurs enfants... Même lorsque Pip visite en compagnie de M. Wemmick les terrifiantes prisons de Newgate, la description prend une tournure lyrique : « J'eus l'impression très nette que Wemmick allait et venait parmi les prisonniers un peu comme un jardinier va et vient au milieu de ses plantes (p. 391).

Les images poétiques reflètent le romantisme du narrateur qui nourrit de grandes espérances. Ainsi en est-il de chacune de ses visites à Satis House :

> « Les bougies qui éclairaient cette pièce étaient fixées au mur sur des appliques. Elles se trou-vaient à une grande distance du sol et brûlaient avec l'aspect terne et régulier que prend la lu-

mière artificielle dans un air rarement renouvelé. Quand je promenai mes regards sur ces bougies, sur l'ombre pâle qu'elles projetaient, sur la pendule arrêtée, sur les vêtements nuptiaux fanés qui étaient posés sur la table et par terre, sur sa propre silhouette effrayante dont le reflet fantomatique était dessiné, agrandi, par la lueur du feu, au plafond et sur les murs, je vis en toute chose la construction échafaudée par mon esprit qui se reproduisait et m'était renvoyée. » (p. 450)

Il est un élément particulièrement poétique du roman, le fleuve de la Tamise, qui n'est pas sans rappeler les marais où Pip se rendait enfant. En quelques lignes, Charles Dickens dépeint un univers majestueux fait de changements de marées, de « longues lignes droites situées en aval de Graveland » (p. 634), d'auberges isolées çà et là, de mouvements des vapeurs, de péniches, de caboteurs.

Mais pour l'auteur, l'aspect poétique du roman est indissociable de son aspect burlesque et cocasse, qui souligne toute sa tendresse pour ses personnages et participe de la satire. On retiendra cette scène, où Joe vient rendre visite à Londres à Pip, devenu un véritable gentleman. Joe est mal à l'aise, gauche et mesure le monde qui sépare à présent le pauvre paysan qu'il est de ce jeune homme qu'il a pourtant élevé. Aussi se cramponne-t-il de façon obsessionnelle à son chapeau, son « nid d'oiseau ». Charles Dickens souligne dans cette scène à la fois le ridicule de la situation et la grandeur d'âme de Joe, injustement traité par Pip :

> « (...) Joe fut invité à s'asseoir à table ; il chercha alors du regard tout autour de la pièce un endroit approprié pour y déposer son chapeau, comme si dans toute la nature il n'y avait que quelques très rares substances sur lesquelles il pût trouver un point d'appui ; il finit par le mettre en équilibre sur l'extrême bord de la cheminée, d'où il ne cessa de tomber par la suite de temps en temps. (....) Cet objet exigeait d'ailleurs de lui une attention constante (...) Il se livrait à des manœuvres extraordinaires à ce propos et déployait la plus grande adresse ; tantôt il se précipitait dessus et l'arrêtait tout net dans sa chute ; tantôt il se contentait d'interrompre sa descente (...) » (pp.335-337)

## LE RÉALISME SOCIAL DE DICKENS

Le mythe de la distinction sociale hante de nombreux personnages des *Grandes Espérances*, ce qui conduit Charles Dickens à explorer la lutte qui oppose les classes sociales. Il dépeint un monde de travailleurs misérables, d'ouvriers, de labeurs, à l'opposé de celui des gens riches et bien nés, parfois oisifs. L'écrivain leur donne une voix, une identité. Ainsi Joe le forgeron incarne-t-il cette classe laborieuse, lui qui connait la valeur du travail. C'est au jeune Pip qu'il se confie et raconte sa vie :

« J'ai tellement vu par l'exemple de ma brave maman ce que c'est pour une femme de trimer et de peiner jusqu'à en avoir son pauvre cœur fendu, et de pas connaitre un instant de tranquillité sur cette terre, j'en ai tellement vu que j'ai horriblement peur de dérailler sous le rapport de pas traite une femme convenablement. » (p. 97).

Toutes les catégories sociales sont représentées dans *Les Grandes Espérances*. Charles Dickens met en scène les plus misérables des criminels (Abel Magwitch, Compeyson, les prisonniers de Newgate, Molly, la gouvernante de Magwitch), mais aussi les classes sociales les plus pauvres (les parents de Pip, simples paroissiens, Joe et Georgiana Gargery). La classe moyenne, qui gagne son argent par le travail, est évoquée à travers des personnages comme l'oncle de Pip, Pumblechook, l'étrange couple formé par M. et Mme Pocket, débordés par leurs enfants, M. Wemmick et l'avocat M. Jaggers. Enfin, l'auteur décrit également l'aristocratie, à laquelle appartiennent Mlle Havisham ou Estella.

À travers cette galerie de portraits variés, Dickens montre que l'argent corrompt les êtres et ne fait pas le bonheur, contre toute attente. Le roman se fait l'écho d'une société marquée par le modèle victorien de l'après-Révolution industrielle : les riches eux-mêmes doivent leur fortune au commerce plutôt qu'aux revenus terriens générés par leur naissance. Ainsi, Abel Magwitch fait fortune grâce aux élevages de mouton en Australie et Mlle Havisham elle-même est l'héritière d'une famille de brasseurs.

C'est avec une immense compassion que Charles Dickens décrit les plus démunis. Lorsque Pip prend congé des siens, au moment de partir pour Londres, c'est le narrateur mûr qui s'exprime et évoque la beauté des gens simples :

> « En passant devant l'église j'éprouvai (ce que j'avais déjà éprouvé pendant l'office du matin) une sublime compassion pour les pauvres gens

qui étaient destinés à venir en cet endroit, semaine après semaine, toute leur vie durant, et à
reposer obscurément pour finir parmi ces petits
monticules verdoyants. Je me promis de faire
quelque chose pour ces gens un jour ou l'autre,
et j'esquissai le projet d'offrir à tous les habitants
du village un dîner composé d'un rôti de bœuf,
d'un plum-pudding, d'une pinte de bière blonde
et de dix pintes de condescendance. » (p. 232)

Ainsi, les thèmes de la culpabilité, de l'innocence,
de la conscience morale sont explorés tout au
long du roman. Joe forge des menottes, les
forçats évadés, errant dans les marais, hantent
l'enfance de Pip. Les images et scènes associées à
la justice, au tribunal et aux prisons permettent
à l'auteur de montrer la lutte intérieure que
mène Pip pour retrouver bonne conscience. Le
jeune oprhelin apprend à se méfier des symboles
de l'autorité et des attributs de la justice rendue
par les hommes. Ainsi, M. Jaggers exerce son
métier d'homme de loi en considérant qu'un bon
plaidoyer et la vérité sont bien distinctes. C'est
M. Jaggers qui fait l'éloge de façon très moderne
du principe de la présomption d'innocence :

« Savez-vous, ou ignorez-vous, que les lois d'Angleterre présument l'innocence de tout homme

jusqu'à ce que sa culpabilité soit prouvée... Je dis bien prouvée. (..) Et maintenant je vous demande ce que vous pensez de la conscience d'un homme qui, avec une telle phrase sous les yeux, sera capable de poser la tête sur l'oreiller en ayant déclaré coupable son prochain sans l'avoir entendu ? » (p.214-216)

Ainsi, même si Pip est terrifié par Abel Magwitch, jugé et condamné comme criminel, il mesure également quelle est sa grandeur d'âme.

Le monde de la justice est décrit dans un esprit de réalisme. Une scène marquante du livre l'illustre, lorsque Pip, obsédé par les prisons et les forçats depuis son enfance, suit M. Wemmick dans les terribles prisons victoriennes de Newgate. Pip admire l'aisance de l'homme de loi qui considère ses clients, les prisonniers, avec toute l'humanité qui leur est due :

« Nous arrivâmes à Newgate au bout de quelques minutes, (...) À cette époque, les prisons étaient très négligées et la période de réaction excessive qui suit tous les abris publics (et qui en est toujours le châtiment le plus rude et le plus prolongé) appartenait encore à un avenir lointain. Les malfaiteurs n'étaient donc pas encore mieux logés et mieux nourris que les soldats (sans parler des indigents) et mettaient rarement le feu à leurs prisons dans l'intention excusable d'améliorer la saveur de leur soupe. (...) et c'était là un spectacle de saleté, de laideur, de désordre et de tristesse. » (p. 390-391)

C'est cette volonté de lutter contre les préjugés de la société qui permet à Charles Dickens de faire une véritable satire des classes sociales, en montrant qu'il convient d'aller au-delà des apparences de réussite sociale.

# PISTES DE RÉFLEXION

## QUELQUES QUESTIONS POUR APPROFONDIR SA RÉFLEXION...

- Distinguez dans *Les Grandes Espérances* ce qui relève du réalisme social cher à Dickens et ce qui relève du fantastique.
- Quels sont les éléments du récit qui relèvent du genre du roman de formation, le Bildungsroman ? Quelles comparaisons pouvez-vous faire avec deux autres grandes œuvres de Charles Dickens, *Oliver Twist* et *David Copperfield* ?
- Pourquoi peut-on parler de prose poétique ?
- En quoi Pip se montre-t-il injuste avec Biddy et Joe ?
- Quelles leçons Pip tire-t-il de toutes ses années d'expérience ?
- Pourquoi peut-on dire que le titre du roman résonne d'une ironie tragique ?
- Quelle image de la justice Charles Dickens montre-t-il dans le roman ?
- Qu'est-ce qui rend complexes des personnages

comme M. Wemmick et M. Jaggers ?

- Comment comprenez-vous cette double réflexion du héros enfant et du narrateur devenu adulte au début du roman, lorsque Pip, pétri de culpabilité, voit les forçats repris lors d'une battue : « Bref, je fus trop lâche pour faire ce que je savais être le bien, de même que j'avais été trop lâche pour refuser de faire ce que je savais être le mal. Je n'avais pas encore à cette époque eu commerce avec le monde et n'imitai donc aucun de ses nombreux habitants qui agissent de la sorte. Génie parfaitement instinctif, j'inventai tout seul cette ligne de conduite ? »
- Karl Marx a dit de Charles Dickens qu'il « avait émis à la face du monde plus de vérités politiques et sociales que n'en ont énoncées tous les hommes politiques, tous les journalistes et tous les moralistes réunis ». Commentez.

Votre avis nous intéresse !
Laissez un commentaire sur le site de votre
librairie en ligne
et partagez vos coups de cœur sur les réseaux
sociaux !

# POUR ALLER PLUS LOIN

## ÉDITION DE RÉFÉRENCE


- DICKENS C., *Les Grandes Espérances*, traduit par Silvère Monod, Paris, Gallimard, « folio classique », 1999.


## ÉTUDES DE RÉFÉRENCE


- ACKROYD P., *Dickens*, traduit de l'anglais par Silvère Monod, Paris, Stock, 1993.
- BELLETTO R., *Les Grandes Espérances* de Charles Dickens, Paris, P.O.L, 1994.
- LEPALUDIER L., *Charles Dickens, Great expectations*, Paris, Fenixx, 2016 (consultable sur le site de Gallica : https://gallica.bnf.fr/ark:/12148/bpt6k33263015/f15.image.texteImage).
- MONOD S., Charles Dickens, Paris, Seghers, 1958.
- GATTÉGNO J., *Dickens*, Paris, Le Seuil, 1975.
- SADRIN A., *L'Être et l'Avoir dans les romans de Charles Dickens*, Paris, Didier, 1985.
- VANFASSE N., *La plume et la route : Charles Dickens, écrivain-voyageur*, Presses universi-

taires de Provence, Aix-en-Provence, 2017.

- ZWEIG S., *Trois maîtres : Balzac, Dickens et Dostoïevski*, traduit de l'allemand par Henri Bloch, Paris, Livre de Poche, 1993.
- CECIL, D., Early Victorian Novelists, Londres, Harper Collins, 1970.

## ADAPTATIONS

*Les Grandes Espérances* ont fait l'objet de nombreuses adaptations au cinéma à la télévision ou au théâtre depuis le début du XXe siècle, parmi lesquelles :

- *Great Expectations*, film américain d'Alfonso Cuarón, avec Gwyneth Paltrow, Ethan Hawke, 1998.
- *Great Expectations*, film britannique de Mike Newell, avec Ralph Fiennes, Helena Bonham Carter, 2012.
- Minisérie de la BBC en trois parties, réalisée par Brian Kirk, avec Gillian Anderson, Vanessa Kirby, 2011.
- Réécriture moderne des *Grandes Espérances* par l'écrivain néo-zélandais Llyod Jones, Mister Pip, traduit par Valérie Bourgeois, Paris, Michel Lafon, 2008.

# SUR LEPETITLITTÉRAIRE.FR

- Fiche de lecture sur *Oliver Twist* de Charles Dickens.

# Retrouvez notre offre complète sur lePetitLittéraire.fr

- des fiches de lectures
- des commentaires littéraires
- des questionnaires de lecture
- des résumés

---

**ANOUILH**
- Antigone

**AUSTEN**
- Orgueil et Préjugés

**BALZAC**
- Eugénie Grandet
- Le Père Goriot
- Illusions perdues

**BARJAVEL**
- La Nuit des temps

**BEAUMARCHAIS**
- Le Mariage de Figaro

**BECKETT**
- En attendant Godot

**BRETON**
- Nadja

**CAMUS**
- La Peste
- Les Justes
- L'Étranger

**CARRÈRE**
- Limonov

**CÉLINE**
- Voyage au bout de la nuit

**CERVANTÈS**
- Don Quichotte de la Manche

**CHATEAUBRIAND**
- Mémoires d'outre-tombe

**CHODERLOS DE LACLOS**
- Les Liaisons dangereuses

**CHRÉTIEN DE TROYES**
- Yvain ou le Chevalier au lion

**CHRISTIE**
- Dix Petits Nègres

**CLAUDEL**
- La Petite Fille de Monsieur Linh
- Le Rapport de Brodeck

**COELHO**
- L'Alchimiste

**CONAN DOYLE**
- Le Chien des Baskerville

**DAI SIJIE**
- Balzac et la Petite Tailleuse chinoise

**DE GAULLE**
- Mémoires de guerre III. Le Salut. 1944-1946

**DE VIGAN**
- No et moi

**DICKER**
- La Vérité sur l'affaire Harry Quebert

**DIDEROT**
- Supplément au Voyage de Bougainville

**DUMAS**
- Les Trois
  Mousquetaires

**ÉNARD**
- Parlez-leur
  de batailles,
  de rois et
  d'éléphants

**FERRARI**
- Le Sermon sur la
  chute de Rome

**FLAUBERT**
- Madame Bovary

**FRANK**
- Journal
  d'Anne Frank

**FRED VARGAS**
- Pars vite et
  reviens tard

**GARY**
- La Vie devant soi

**GAUDÉ**
- La Mort du
  roi Tsongor
- Le Soleil des
  Scorta

**GAUTIER**
- La Morte
  amoureuse
- Le Capitaine
  Fracasse

**GAVALDA**
- 35 kilos d'espoir

**GIDE**
- Les
  Faux-Monnayeurs

**GIONO**
- Le Grand
  Troupeau
- Le Hussard
  sur le toit

**GIRAUDOUX**
- La guerre de
  Troie
  n'aura pas lieu

**GOLDING**
- Sa Majesté des
  Mouches

**GRIMBERT**
- Un secret

**HEMINGWAY**
- Le Vieil Homme
  et la Mer

**HESSEL**
- Indignez-vous !

**HOMÈRE**
- L'Odyssée

**HUGO**
- Le Dernier Jour
  d'un condamné
- Les Misérables
- Notre-Dame
  de Paris

**HUXLEY**
- Le Meilleur
  des mondes

**IONESCO**
- Rhinocéros
- La Cantatrice
  chauve

**JARY**
- Ubu roi

**JENNI**
- L'Art français
  de la guerre

**JOFFO**
- Un sac de billes

**KAFKA**
- La Métamorphose

**KEROUAC**
- Sur la route

**KESSEL**
- Le Lion

**LARSSON**
- Millenium I. Les
  hommes qui
  n'aimaient pas
  les femmes

**LE CLÉZIO**
- Mondo

**LEVI**
- Si c'est un
  homme

**LEVY**
- Et si c'était vrai…

**MAALOUF**
- Léon l'Africain

**MALRAUX**
- La Condition
  humaine

**MARIVAUX**
- La Double
  Inconstance
- Le Jeu de l'amour
  et du hasard

**MARTINEZ**
- Du domaine
  des murmures

**MAUPASSANT**
- Boule de suif
- Le Horla
- Une vie

**MAURIAC**
- Le Nœud
  de vipères

**MAURIAC**
- Le Sagouin

**MÉRIMÉE**
- Tamango
- Colomba

**MERLE**
- La mort est
  mon métier

**MOLIÈRE**
- Le Misanthrope
- L'Avare
- Le Bourgeois
  gentilhomme

**MONTAIGNE**
- Essais

**MORPURGO**
- Le Roi Arthur

**MUSSET**
- Lorenzaccio

**MUSSO**
- Que serais-je
  sans toi ?

**NOTHOMB**
- Stupeur et
  Tremblements

**ORWELL**
- La Ferme
  des animaux
- 1984

**PAGNOL**
- La Gloire de
  mon père

**PANCOL**
- Les Yeux jaunes
  des crocodiles

**PASCAL**
- Pensées

**PENNAC**
- Au bonheur
  des ogres

**POE**
- La Chute de la
  maison Usher

**PROUST**
- Du côté de
  chez Swann

**QUENEAU**
- Zazie dans
  le métro

**QUIGNARD**
- Tous les matins
  du monde

**RABELAIS**
- Gargantua

**RACINE**
- Andromaque
- Britannicus
- Phèdre

**ROUSSEAU**
- Confessions

**ROSTAND**
- Cyrano de
  Bergerac

**ROWLING**
- Harry Potter à
  l'école des sor-
  ciers

**SAINT-EXUPÉRY**
- Le Petit Prince
- Vol de nuit

**SARTRE**
- Huis clos
- La Nausée
- Les Mouches

**SCHLINK**
- Le Liseur

**SCHMITT**
- La Part de l'autre
- Oscar et la
  Dame rose

**SEPULVEDA**
- Le Vieux qui
  lisait des romans
  d'amour

**SHAKESPEARE**
- Roméo et Juliette

**SIMENON**
- Le Chien jaune

**STEEMAN**
- L'Assassin
  habite au 21

**STEINBECK**
- Des souris et
  des hommes

**STENDHAL**
- Le Rouge et
  le Noir

**STEVENSON**
- L'Île au trésor

**SÜSKIND**
- Le Parfum

**TOLSTOÏ**
- Anna Karénine

**TOURNIER**
- Vendredi ou
  la Vie sauvage

**TOUSSAINT**
- Fuir

**UHLMAN**
- L'Ami retrouvé

**VERNE**
- Le Tour
  du monde
  en 80 jours
- Vingt mille
  lieues sous
  les mers
- Voyage au
  centre de
  la terre

**VIAN**
- L'Écume des jours

**VOLTAIRE**
- Candide

**WELLS**
- La Guerre des
  mondes

**YOURCENAR**
- Mémoires
  d'Hadrien

**ZOLA**
- Au bonheur
  des dames
- L'Assommoir
- Germinal

**ZWEIG**
- Le Joueur
  d'échecs

www.lepetitlitteraire.fr

ISBN version numérique : 9782808015073
ISBN version papier : 9782808015080
Dépôt légal : D/2018/12603/514

Conception numérique : Primento,
le partenaire numérique des éditeurs.

Ce titre a été réalisé avec le soutien de la Fédération Wallonie-Bruxelles, Service général des Lettres et du Livre.